Monsieur Ibrahim
et les fleurs du Coran

Eric-Emmanuel Schmitt

Monsieur Ibrahim
et
les fleurs du Coran

Albin Michel

Pour Bruno Abraham-Kremer.

À onze ans, j'ai cassé mon cochon et je suis allé voir les putes.

Mon cochon, c'était une tirelire en porcelaine vernie, couleur de vomi, avec une fente qui permettait à la pièce d'entrer mais pas de sortir. Mon père l'avait choisie, cette tirelire à sens unique, parce qu'elle correspondait à sa conception de la vie : l'argent est fait pour être gardé, pas dépensé.

Il y avait deux cents francs dans les entrailles du cochon. Quatre mois de travail.

Un matin, avant de partir au lycée, mon père m'avait dit :

— Moïse, je ne comprends pas... Il manque de l'argent... désormais, tu inscriras sur le cahier de la cuisine tout ce que tu dépenses lorsque tu fais les courses.

Donc, ce n'était pas suffisant de me faire engueuler au lycée comme à la maison, de laver, d'étudier, de cuisiner, de porter les commissions, pas suffisant de vivre seul dans un grand appartement noir, vide et sans amour, d'être l'esclave plutôt que le fils d'un avocat sans affaires et sans femme, il fallait aussi que je passe pour un voleur ! Puisque j'étais déjà soupçonné de voler, autant le faire.

Il y avait donc deux cents francs dans les entrailles du cochon. Deux cents francs, c'était le prix d'une fille, rue de Paradis. C'était le prix de l'âge d'homme.

Les premières, elles m'ont demandé ma carte d'identité. Malgré ma voix, malgré mon poids – j'étais gros comme un sac de sucreries –, elles doutaient des seize ans que j'annonçais, elles avaient dû me voir passer et grandir, toutes ces dernières années, accroché à mon filet de légumes.

Au bout de la rue, sous le porche, il y avait une nouvelle. Elle était ronde, belle comme un dessin. Je lui ai montré mon argent. Elle a souri.

— Tu as seize ans, toi ?

— Ben ouais, depuis ce matin.

On est montés. J'y croyais à peine, elle avait vingt-deux ans, c'était une vieille et elle était toute pour moi. Elle m'a expliqué comment on se lavait, puis comment on devait faire l'amour...

Évidemment, je savais déjà mais je la laissais dire, pour qu'elle se sente plus à l'aise, et puis j'aimais bien sa voix, un peu boudeuse, un peu chagrinée. Tout le long, j'ai failli m'évanouir. À la fin, elle m'a caressé les cheveux, gentiment, et elle a dit :

— Il faudra revenir, et me faire un petit cadeau.

Ça a presque gâché ma joie : j'avais oublié le petit cadeau. Ça y est, j'étais un homme, j'avais été baptisé entre les cuisses d'une femme, je tenais à peine sur mes pieds tant mes jambes tremblaient encore et les ennuis commençaient : j'avais oublié le fameux petit cadeau.

Je suis rentré en courant à l'appartement, je me suis rué dans ma chambre, j'ai regardé autour de moi ce que je pouvais offrir de plus précieux, puis j'ai recouru dare-dare rue de Paradis. La fille était toujours sous le porche. Je lui ai donné mon ours en peluche.

C'est à peu près au même moment que j'ai connu monsieur Ibrahim.

Monsieur Ibrahim avait toujours été vieux. Unanimement, de mémoire de rue Bleue et de rue du Faubourg-Poissonnière, on avait toujours vu monsieur Ibrahim dans son épicerie, de huit heures du matin au milieu de la nuit, arc-bouté entre sa caisse et les produits d'entretien, une jambe dans l'allée, l'autre sous les boîtes d'allumettes, une blouse grise sur une chemise blanche, des dents en ivoire sous une moustache sèche, et des yeux en pistache, verts et marron, plus clairs que sa peau brune tachée par la sagesse.

Car monsieur Ibrahim, de l'avis général, passait pour un sage. Sans doute parce qu'il était depuis au moins quarante ans l'Arabe d'une rue juive. Sans doute parce qu'il souriait beaucoup et parlait peu. Sans doute parce qu'il semblait échapper à l'agitation ordinaire des mortels, surtout des mortels parisiens, ne bougeant jamais, telle une branche greffée sur son tabouret, ne rangeant jamais son étal devant qui que ce soit, et disparaissant on ne sait où entre minuit et huit heures du matin.

Tous les jours donc, je faisais les courses et les repas. Je n'achetais que des boîtes de conserve. Si je les achetais tous les jours, ce n'était pas pour qu'elles soient fraîches, non, mais parce que mon père, il ne me laissait

13

l'argent que pour une journée, et puis c'était plus facile à cuisiner !

Lorsque j'ai commencé à voler mon père pour le punir de m'avoir soupçonné, je me suis mis aussi à voler monsieur Ibrahim. J'avais un peu honte mais, pour lutter contre ma honte, je pensais très fort, au moment de payer :

Après tout, c'est qu'un Arabe !

Tous les jours, je fixais les yeux de monsieur Ibrahim et ça me donnait du courage.

Après tout, c'est qu'un Arabe !

— Je ne suis pas arabe, Momo, je viens du Croissant d'Or.

J'ai ramassé mes commissions et suis sorti, groggy, dans la rue. Monsieur Ibrahim m'entendait penser ! Donc, s'il m'entendait penser, il savait peut-être aussi que je l'escroquais ?

Le lendemain, je ne dérobai aucune boîte mais je lui demandai :

– C'est quoi, le Croissant d'Or ?

J'avoue que, toute la nuit, j'avais imaginé monsieur Ibrahim assis sur la pointe d'un croissant d'or et volant dans un ciel étoilé.

– Cela désigne une région qui va de l'Anatolie jusqu'à la Perse, Momo.

Le lendemain, j'ajoutai en sortant mon porte-monnaie :

– Je ne m'appelle pas Momo, mais Moïse.

Le lendemain, c'est lui qui ajouta :

– Je sais que tu t'appelles Moïse, c'est bien pour cela que je t'appelle Momo, c'est moins impressionnant.

Le lendemain, en comptant mes centimes, je demandai :

– Qu'est-ce que ça peut vous faire à vous ? Moïse, c'est juif, c'est pas arabe.

– Je ne suis pas arabe, Momo, je suis musulman.

– Alors pourquoi on dit que vous êtes l'Arabe de la rue, si vous êtes pas arabe ?

— Arabe, Momo, ça veut dire « ouvert de huit heures du matin jusqu'à minuit et même le dimanche » dans l'épicerie.

Ainsi allait la conversation. Une phrase par jour. Nous avions le temps. Lui, parce qu'il était vieux, moi parce que j'étais jeune. Et, un jour sur deux, je volais une boîte de conserve.

Je crois que nous aurions mis un an ou deux à faire une conversation d'une heure si nous n'avions pas rencontré Brigitte Bardot.

Grande animation rue Bleue. La circulation est arrêtée. La rue bloquée. On tourne un film.

Tout ce qui a un sexe rue Bleue, rue Papillon et Faubourg-Poissonnière, est en alerte. Les femmes veulent vérifier si elle est aussi bien qu'on le dit ; les hommes ne pensent plus, ils ont le discursif qui s'est coincé dans la fermeture de la braguette. Brigitte Bardot est là ! Eh, la vraie Brigitte Bardot !

16

Moi, je me suis mis à la fenêtre. Je la regarde et elle me fait penser à la chatte des voisins du quatrième, une jolie petite chatte qui adore s'étirer au soleil sur le balcon, et qui semble ne vivre, ne respirer, ne cligner des yeux que pour provoquer l'admiration. En avisant mieux, je découvre aussi qu'elle ressemble vraiment aux putes de la rue de Paradis, sans réaliser qu'en fait, ce sont les putes de la rue de Paradis qui se déguisent en Brigitte Bardot pour attirer le client. Enfin, au comble de la stupeur, je m'aperçois que monsieur Ibrahim est sorti sur le pas de sa porte. Pour la première fois – depuis que j'existe, du moins – il a quitté son tabouret.

Après avoir observé le petit animal Bardot s'ébrouer devant les caméras, je songe à la belle blonde qui possède mon ours et je décide de descendre chez monsieur Ibrahim et de profiter de son inattention pour escamoter quelques boîtes de conserve. Catastrophe ! Il est retourné derrière sa caisse. Ses yeux rigolent en contemplant la Bardot, par-dessus les savons et les pinces à linge. Je ne l'ai jamais vu comme ça.

— Vous êtes marié, monsieur Ibrahim ?

— Oui, bien sûr que je suis marié.

Il n'est pas habitué à ce qu'on lui pose des questions.

À cet instant-là, j'aurais pu jurer que monsieur Ibrahim n'était pas aussi vieux que tout le monde le croyait.

— Monsieur Ibrahim ! Imaginez que vous êtes dans un bateau, avec votre femme et Brigitte Bardot. Votre bateau coule. Qu'est-ce que vous faites ?

— Je parie que ma femme, elle sait nager.

J'ai jamais vu des yeux rigoler comme ça, ils rigolent à gorge déployée, ses yeux, ils font un boucan d'enfer.

Soudain, branle-bas de combat, monsieur Ibrahim se met au garde-à-vous : Brigitte Bardot entre dans l'épicerie.

– Bonjour, monsieur, est-ce que vous auriez de l'eau ?

– Bien sûr, mademoiselle.

Et là, l'inimaginable arrive : monsieur Ibrahim, il va lui-même chercher une bouteille d'eau sur un rayon et il la lui apporte.

– Merci, monsieur. Combien je vous dois ?

– Quarante francs, mademoiselle.

Elle en a un haut-le-corps, la Brigitte. Moi aussi. Une bouteille d'eau ça valait deux balles, à l'époque, pas quarante.

– Je ne savais pas que l'eau était si rare, ici.

– Ce n'est pas l'eau qui est rare, mademoiselle, ce sont les vraies stars.

Il a dit cela avec tant de charme, avec un sourire tellement irrésistible que Brigitte Bardot, elle rougit légèrement, elle sort ses quarante francs et elle s'en va.

Je n'en reviens pas.

– Quand même, vous avez un de ces culots, monsieur Ibrahim.

– Eh, mon petit Momo, il faut bien que je me rembourse toutes les boîtes que tu me chouraves.

C'est ce jour-là que nous sommes devenus amis.

C'est vrai que, à partir de là, j'aurais pu aller les escamoter ailleurs, mes boîtes, mais monsieur Ibrahim, il m'a fait jurer :

– Momo, si tu dois continuer à voler, viens les voler chez moi.

Et puis, dans les jours qui suivirent, monsieur Ibrahim me donna plein de trucs pour soutirer de l'argent à mon père sans qu'il s'en rende compte : lui servir du vieux pain de la veille ou de l'avant-veille passé dans le four ; ajouter progressivement de la chicorée dans le café ; resservir les sachets de thé ; allonger son beaujolais habituel avec du vin à trois francs et le couronnement, l'idée, la vraie, celle qui montrait que monsieur Ibrahim était expert dans l'art de faire chier le monde, remplacer la terrine campagnarde par des pâtés pour chiens.

Grâce à l'intervention de monsieur Ibrahim, le monde des adultes s'était fissuré, il n'offrait pas le même mur uniforme contre lequel je me cognais, une main se tendait à travers une fente.

J'avais de nouveau économisé deux cents francs, j'allais pouvoir me reprouver que j'étais un homme.

Rue de Paradis, je marchais droit vers le porche où se tenait la nouvelle propriétaire de mon ours. Je lui apportai un coquillage qu'on m'avait offert, un vrai coquillage, qui venait de la mer, de la vraie mer.

La fille me fit un sourire.

À ce moment-là, surgirent de l'allée un homme qui courait comme un rat, puis une pute qui le poursuivait en criant :

– Au voleur ! Mon sac ! Au voleur !

Sans hésiter une seconde, j'ai tendu ma

jambe en avant. Le voleur s'est etalé quelques mètres plus loin. J'ai bondi sur lui.

Le voleur m'a regardé, il a vu que je n'étais qu'un môme, il a souri, prêt à me foutre une raclée, mais comme la fille a déboulé dans la rue en hurlant toujours plus fort, il s'est ramassé sur ses jambes et il a décampé. Heureusement, les cris de la putain m'avaient servi de muscles.

Elle s'est approchée, chancelante sur ses hauts talons. Je lui ai tendu son sac, qu'elle a serré, ravie, contre sa poitrine opulente qui savait si bien gémir.

– Merci, mon petit. Qu'est-ce que je peux faire pour toi ? Tu veux que je t'offre une passe ?

Elle était vieille. Elle avait bien trente ans. Mais, monsieur Ibrahim me l'avait toujours dit, il ne faut pas vexer une femme.

– O.K.

Et nous sommes montés. La propriétaire de mon ours avait l'air outrée que sa collègue m'ait volé à elle. Lorsque nous sommes passés devant elle, elle me glissa à l'oreille :

– Viens demain. Moi aussi, je te le ferai gratuit.

Je n'ai pas attendu le lendemain...

Monsieur Ibrahim et les putes me rendaient la vie avec mon père encore plus difficile. Je m'étais mis à faire un truc épouvantable et vertigineux : des comparaisons. J'avais toujours froid lorsque j'étais auprès de mon père. Avec monsieur Ibrahim et les putes, il faisait plus chaud, plus clair.

Je regardais la haute et profonde bibliothèque héréditaire, tous ces livres censés contenir la quintessence de l'esprit humain, l'inventaire des lois, la subtilité de la philosophie, je les regardais dans l'obscurité – Moïse, ferme les volets, la lumière bouffe les reliures – puis je regardais mon père lire dans son fauteuil, isolé dans le rond du lampadaire qui se tenait, telle une conscience jaune, au-dessus de ses pages. Il était clos dans les murs de sa science, il ne faisait pas plus attention à moi qu'à un chien – d'ailleurs, il détestait les chiens –, il n'était même pas tenté de me jeter un os de son savoir. Si je faisais un peu de bruit...

– Oh, pardon.

– Moïse, tais-toi. Je lis. Je travaille, moi...

Travailler, ça c'était le grand mot, la justification absolue...

– Pardon, papa.

– Ah, heureusement que ton frère Popol n'était pas comme ça.

Popol, c'était l'autre nom de ma nullité. Mon père me lançait toujours à la figure le souvenir de mon frère aîné, Popol, lorsque je faisais quelque chose de mal. « Popol, il était très assidu, à l'école. Popol, il aimait les maths, il ne salissait jamais la baignoire. Popol, il faisait pas pipi à côté des toilettes. Popol, il aimait tant lire les livres qu'aimait papa. »

24

Au fond, ce n'était pas plus mal que ma mère soit partie avec Popol, peu de temps après ma naissance, parce que c'était déjà difficile de se battre avec un souvenir mais alors vivre auprès d'une perfection vivante comme Popol, ça, ça aurait été au-dessus de mes forces.

– Papa, tu crois qu'il m'aurait aimé, Popol ?

Mon père me dévisage, ou plutôt me déchiffre, avec effarement.

– Quelle question !

Voici ma réponse : Quelle question !

J'avais appris à regarder les gens avec les yeux de mon père. Avec méfiance, mépris... Parler avec l'épicier arabe, même s'il n'était pas arabe – puisque « arabe, ça veut dire ouvert la nuit et le dimanche, dans l'épicerie » –, rendre service aux putes, c'étaient des choses que je rangeais dans un tiroir secret de mon esprit, cela ne faisait pas partie officiellement de ma vie.

— Pourquoi est-ce que tu ne souris jamais, Momo ? me demanda monsieur Ibrahim.

Ça, c'était un vrai coup de poing, cette question, un coup de vache, je n'étais pas préparé.

— Sourire, c'est un truc de gens riches, monsieur Ibrahim. J'ai pas les moyens.

Justement, pour m'emmerder, il se mit à sourire.

— Parce que tu crois que, moi, je suis riche ?

— Vous avez tout le temps des billets dans la caisse. Je connais personne qui a autant de billets devant lui toute la journée.

— Mais les billets, ils me servent à payer la marchandise, et puis le local. Et à la fin du mois, il m'en reste très peu, tu sais.

Et il souriait encore plus, comme pour me narguer.

— M'sieur Ibrahim, quand je dis que c'est un truc de gens riches, le sourire, je veux dire que c'est un truc pour les gens heureux.

— Eh bien, c'est là que tu te trompes. C'est sourire, qui rend heureux.

— Mon œil.

— Essaie.

— Mon œil, je dis.

— Tu es poli pourtant, Momo ?

— Bien obligé, sinon je reçois des baffes.

— Poli, c'est bien. Aimable, c'est mieux. Essaie de sourire, tu verras.

Bon, après tout, demandé gentiment comme ça, par monsieur Ibrahim, qui me refile en douce une boîte de choucroute garnie qualité supérieure, ça s'essaie...

Le lendemain, je me comporte vraiment comme un malade qu'aurait été piqué pendant la nuit : je souris à tout le monde.

— Non, madame, j'm'excuse, je n'ai pas compris mon exercice de maths.

Vlan : sourire !

— J'ai pas pu le faire !

— Eh bien, Moïse, je vais te le réexpliquer.

Du jamais-vu. Pas d'engueulade, pas d'avertissement. Rien.

À la cantine...

– J'pourrais en avoir encore un peu, d'la crème de marron ?

Vlan : sourire !

– Oui, avec du fromage blanc...

Et je l'obtiens.

À la gym, je reconnais que j'ai oublié mes chaussures de tennis.

Vlan : sourire !

– Mais elles étaient en train de sécher, m'sieur...

Le prof, il rit et me tapote l'épaule.

C'est l'ivresse. Plus rien ne me résiste. Monsieur Ibrahim m'a donné l'arme absolue. Je mitraille le monde entier avec mon sourire. On ne me traite plus comme un cafard.

En rentrant du collège, je file rue de Paradis. Je demande à la plus belle des putes, une grande Noire qui m'a toujours refusé :

– Hé !

Vlan : sourire !
– On monte ?
– Tu as seize ans ?
– Bien sûr que j'ai seize ans, depuis le temps !
Vlan : sourire !
On monte.
Et après, je lui raconte en me rhabillant que je suis journaliste, que je fais un grand livre sur les prostituées...
Vlan : sourire !
... que j'ai besoin qu'elle me raconte un peu sa vie, si elle veut bien.
– C'est bien vrai, ça, que tu es journaliste ?
Vlan : sourire !
– Oui, enfin, étudiant en journalisme...
Elle me parle. Je regarde ses seins palpiter doucement lorsqu'elle s'anime. Je n'ose pas y croire. Une femme me parle, à moi. Une femme. Sourire. Elle parle. Sourire. Elle parle.
Le soir, lorsque mon père rentre, je l'aide à retirer son manteau comme d'habitude et

je me glisse devant lui, dans la lumière, pour être sûr qu'il me voit.

– Le repas est prêt.

Vlan : sourire !

Il me regarde avec étonnement.

Je continue à sourire. C'est fatigant, en fin de journée, mais je tiens le coup.

– Toi, tu as fait une connerie.

Là, le sourire disparaît.

Mais je ne désespère pas.

Au dessert, je ressaie.

Vlan : sourire !

Il me dévisage avec malaise.

– Approche-toi, me dit-il.

Je sens que mon sourire est en train de gagner. Hop, une nouvelle victime. Je m'approche. Peut-être veut-il m'embrasser ? Il m'a dit une fois que Popol, lui, il aimait bien l'embrasser, que c'était un garçon très câlin. Peut-être que Popol, il avait compris le truc du sourire dès sa naissance ? Ou alors

que ma mère avait eu le temps de lui apprendre, à Popol.

Je suis près de mon père, contre son épaule.
Ses cils battent dans ses yeux. Moi je souris
à me déchirer la bouche.

– Il va falloir te mettre un appareil. Je
n'avais jamais remarqué que tu avais les dents
en avant.

C'est ce soir-là que je pris l'habitude d'aller
voir monsieur Ibrahim la nuit, une fois que
mon père était couché.

– C'est de ma faute, si j'étais comme
Popol, mon père m'aimerait plus facilement.

– Qu'est-ce que tu en sais ? Popol, il est
parti.

– Et alors ?

– Peut-être qu'il ne supportait pas ton père.

– Vous croyez ?

– Il est parti. C'est bien une preuve, ça.

Monsieur Ibrahim me donna sa monnaie
jaune pour que j'en fasse des rouleaux. Ça
me calmait un peu.

– Vous l'avez connu, vous, Popol ? Monsieur Ibrahim, vous l'avez connu, Popol ? Qu'est-ce que vous en pensiez, vous, de Popol ?

Il a donné un coup sec dans sa caisse, comme pour éviter qu'elle parle.

– Momo, je vais te dire une chose : je te préfère cent fois, mille fois, à Popol.

– Ah bon ?

J'étais assez content mais je ne voulais pas le montrer. Je fermais les poings et je montrais un peu les dents. Faut défendre sa famille.

– Attention, je vous permets pas de dire du mal de mon frère. Qu'est-ce que vous aviez contre Popol ?

– Il était très bien, Popol, très bien. Mais, tu m'excuseras, je préfère Momo.

J'ai été bon prince : je l'ai excusé.

Une semaine plus tard, monsieur Ibrahim, il m'a envoyé voir un ami à lui, le dentiste de la rue Papillon. Décidément, il avait le

bras long, monsieur Ibrahim. Et le lendemain, il m'a dit :

— Momo, souris moins, ça suffira bien.
Non, c'est une blague... Mon ami m'a assuré
que tes dents, elles n'ont pas besoin d'appareil.

Il s'est penché vers moi, avec ses yeux qui
rigolent.

— Imagine-toi, rue de Paradis, avec de la
ferraille dans la bouche : à laquelle tu pourrais
encore faire croire que tu as seize ans ?

Là, il avait marqué un sacré but, monsieur
Ibrahim. Du coup, c'est moi qui lui ai
demandé des pièces de monnaie, pour me
remettre l'esprit en place.

— Comment vous savez tout ça, monsieur
Ibrahim ?

— Moi, je ne sais rien. Je sais juste ce qu'il
y a dans mon Coran.

J'ai fait encore quelques rouleaux.

— Momo, c'est très bien d'aller chez des
professionnelles. Les premières fois, il faut

toujours aller chez des professionnelles, des femmes qui connaissent bien le métier. Après, quand tu y mettras des complications, des sentiments, tu pourras te contenter d'amateurs.

Je me sentais mieux.

— Vous y allez, vous, parfois, rue de Paradis ?

— Le Paradis est ouvert à tous.

— Oh, vous charriez, monsieur Ibrahim, vous n'allez pas me dire que vous y allez encore, à votre âge !

— Pourquoi ? C'est réservé aux mineurs ?

Là, j'ai senti que j'avais dit une connerie.

— Momo, qu'est-ce que tu dirais de faire une promenade avec moi ?

— Ah bon, vous marchez des fois, monsieur Ibrahim ?

Et voilà, j'avais encore dit une connerie. Alors, j'ai ajouté un grand sourire.

— Non, je veux dire, je vous ai toujours vu sur ce tabouret.

N'empêche, j'étais vachement content.

Le lendemain, monsieur Ibrahim m'emmena à Paris, le Paris joli, celui des photos, des touristes. Nous avons marché le long de la Seine, qui n'est pas vraiment droite.

– Regarde, Momo, la Seine adore les ponts, c'est comme une femme qui raffole des bracelets.

Puis on a marché dans les jardins des Champs-Élysées, entre les théâtres et le guignol. Puis rue du Faubourg-Saint-Honoré, où il y avait plein de magasins qui portaient des noms de marque, Lanvin, Hermès, Saint Laurent, Cardin... ça faisait drôle, ces boutiques immenses et vides, à côté de l'épicerie de monsieur Ibrahim, qui était pas plus grande qu'une salle de bains, mais qui n'avait pas un cheveu d'inoccupé, où on trouvait, empilés du sol au plafond, d'étagère en étagère, sur trois rangs et quatre profondeurs, tous les articles de première, de deuxième... et même de troisième nécessité.

– C'est fou, monsieur Ibrahim, comme les vitrines de riches sont pauvres. Y a rien là-dedans.

– C'est ça, le luxe, Momo, rien dans la vitrine, rien dans le magasin, tout dans le prix.

On a fini dans les jardins secrets du Palais-Royal où là, monsieur Ibrahim m'a payé un citron pressé et a retrouvé son immobilité légendaire sur un tabouret de bar, à sucer lentement une Suze anis.

– Ça doit être chouette d'habiter Paris.

– Mais tu habites Paris, Momo.

– Non, moi j'habite rue Bleue.

Je le regardais savourer sa Suze anis.

– Je croyais que les musulmans, ça ne buvait pas d'alcool.

– Oui, mais moi je suis soufi.

Bon, là, j'ai senti que je devenais indiscret, que monsieur Ibrahim ne voulait pas me parler de sa maladie – après tout, c'était son droit ; je me suis tu jusqu'à notre retour rue Bleue.

Le soir, j'ai ouvert le Larousse de mon père. Fallait vraiment que je sois inquiet pour monsieur Ibrahim, parce que, vraiment, j'ai toujours été déçu par les dictionnaires.

« *Soufisme : courant mystique de l'islam, né au VIIIe siècle. Opposé au légalisme, il met l'accent sur la religion intérieure.* »

Voilà, une fois de plus ! Les dictionnaires n'expliquent bien que les mots qu'on connaît déjà.

Enfin, le soufisme n'était pas une maladie, ce qui m'a déjà rassuré un peu, c'était une façon de penser – même s'il y a des façons de penser qui sont aussi des maladies, disait souvent monsieur Ibrahim. Après quoi, je me suis lancé dans un jeu de piste, pour essayer de comprendre tous les mots de la définition. De tout ça, il ressortait que monsieur Ibrahim avec sa Suze anis croyait en Dieu à la façon musulmane, mais d'une façon qui

frisait la contrebande, car « opposé au légalisme » et ça, ça m'a donné du fil à retordre...
parce que si le légalisme était bien le « souci
de respecter minutieusement la loi », comme
disaient les gens du dictionnaire... ça voulait
dire en gros des choses a priori vexantes, à
savoir que monsieur Ibrahim, il était malhon-
nête, donc que mes fréquentations n'étaient
pas fréquentables. Mais en même temps, si
respecter la loi, c'était faire avocat, comme
mon père, avoir ce teint gris, et tant de tris-
tesse dans la maison, je préférais être contre
le légalisme avec monsieur Ibrahim. Et puis
les gens du dictionnaire ajoutaient que le soufisme avait été créé par deux mecs anciens,
al-Halladj et al-Ghazali, qu'avaient des noms
à habiter dans des mansardes au fond de la
cour – en tout cas rue Bleue –, et ils préci-
saient que c'était une religion intérieure, et
ça, c'est sûr qu'il était discret, monsieur Ibrahim, par rapport à tous les juifs de la rue, il
était discret.

Pendant le repas, je n'ai pas pu m'empê-
cher d'interroger mon père, qui était en train
d'avaler un ragoût d'agneau, tendance Royal
Canin.

— Papa, est-ce que tu crois en Dieu ?

Il m'a regardé. Puis il a dit lentement :

— Tu deviens un homme, à ce que je vois.

Je ne voyais pas le rapport. Un instant
même, je me suis demandé si quelqu'un ne
lui avait pas rapporté que j'allais voir les filles
rue de Paradis. Mais il ajouta :

— Non, je ne suis jamais arrivé à croire en
Dieu.

— Jamais arrivé ? Pourquoi ? Faut faire des
efforts ?

Il regarda la pénombre de l'appartement
autour de lui.

— Pour croire que tout ça a un sens ? Oui.
Il faut faire de gros efforts.

— Mais papa, on est juifs, nous, enfin toi
et moi.

— Oui.

— Et être juif, ça n'a aucun rapport avec Dieu ?

— Pour moi ça n'en a plus. Être juif, c'est simplement avoir de la mémoire. Une mauvaise mémoire.

Et là, il avait vraiment la tête d'un type qui a besoin de plusieurs aspirines. Peut-être parce qu'il avait parlé, une fois n'est pas coutume. Il se leva et il alla se coucher directement.

Quelques jours après, il revint à la maison encore plus pâle que d'habitude. J'ai commencé à me sentir coupable. Je me suis dit qu'à force de lui faire bouffer de la merde, je lui avais peut-être détraqué la santé.

Il s'est assis et m'a fait signe qu'il voulait me dire quelque chose.

Mais il a bien mis dix minutes avant d'y arriver.

— Je suis viré, Moïse. On ne me veut plus dans le cabinet où je travaille.

Ça, franchement, moi, ça ne m'étonnait pas beaucoup qu'on n'ait pas envie de travailler avec mon père – il devait forcément déprimer les criminels – mais, en même temps, je n'avais jamais imaginé qu'un avocat ça puisse cesser d'être avocat.

– Il va falloir que je recherche du travail. Ailleurs. Il va falloir se serrer la ceinture, mon petit.

Il est allé se coucher. Visiblement, ça ne l'intéressait pas de savoir ce que j'en pensais.

Je suis descendu voir monsieur Ibrahim qui souriait en mâchant des arachides.

– Comment vous faites, vous, pour être heureux, monsieur Ibrahim ?

– Je sais ce qu'il y a dans mon Coran.

– Faudrait peut-être un jour que je vous le pique, votre Coran. Même si ça se fait pas, quand on est juif.

– Bah, qu'est-ce que ça veut dire, pour toi, Momo, être juif ?

– Ben j'en sais rien. Pour mon père, c'est être déprimé toute la journée. Pour moi...

41

c'est juste un truc qui m'empêche d'être autre chose.

Monsieur Ibrahim me tendit une cacahuète.

— Tu n'as pas de bonnes chaussures, Momo. Demain, nous irons acheter des chaussures.

— Oui, mais...

— Un homme, ça passe sa vie dans seulement deux endroits : soit son lit, soit ses chaussures.

— J'ai pas l'argent, monsieur Ibrahim.

— Je te les offre. C'est mon cadeau. Momo, tu n'as qu'une seule paire de pieds, il faut en prendre soin. Si des chaussures te blessent, tu les changes. Les pieds, tu ne pourras pas en changer !

Le lendemain, en rentrant du lycée, je trouvai un mot sur le sol, dans le hall sans lumière de notre entrée. Je ne sais pas pourquoi, mais à la vue de l'écriture de mon père, mon cœur se mit immédiatement à battre dans tous les sens :

Moïse,
Excuse-moi, je suis parti. Je n'ai rien en moi
pour faire un père. Popo...

Et là, c'était barré. Il avait sans doute
encore voulu me balancer une phrase sur
Popol. Du genre : « avec Popol, j'y serais
arrivé, mais pas avec toi » ou bien « Popol,
lui, il me donnait la force et l'énergie d'être
un père, mais pas toi », bref, une saloperie
qu'il avait eu honte d'écrire. Enfin je perce-
vais bien l'intention, merci.

Peut-être nous reverrons-nous, un jour, plus
tard, lorsque tu seras adulte. Quand j'au-
rai moins honte, et que tu m'auras pardonné.
Adieu.

C'est ça, adieu !

P.-S. J'ai laissé sur la table tout l'argent qui
me restait. Voici la liste des personnes que tu

dois informer de mon départ. Elles prendront
soin de toi.

Suivait une liste de quatre noms que je ne
connaissais pas.

Ma décision était prise. Il fallait faire semblant.

Il était hors de question que j'admette
avoir été abandonné. Abandonné deux fois,
une fois à la naissance par ma mère ; une
autre fois à l'adolescence, par mon père. Si
cela se savait, plus personne ne me donnerait
ma chance. Qu'avais-je de si terrible ? Mais
qu'avais-je donc qui rendait l'amour impos-
sible ? Ma décision fut irrévocable : je simu-
lerai la présence de mon père. Je ferai croire
qu'il vit là, qu'il mange là, qu'il partage toujours avec moi ses longues soirées d'ennui.

D'ailleurs, j'attendis pas une seconde : je
descendis à l'épicerie.

– Monsieur Ibrahim, mon père a du mal
à digérer. Qu'est-ce que je lui donne ?

— Du Fernet Branca, Momo. Tiens, j'en ai une mignonnette.

— Merci, je remonte tout de suite lui faire avaler.

Avec l'argent qu'il m'avait laissé, je pouvais tenir un mois. J'appris à imiter sa signature pour remplir les courriers nécessaires, pour répondre au lycée. Je continuais à cuisiner pour deux, tous les soirs je mettais son couvert en face de moi ; simplement, à la fin du repas, je faisais passer sa part dans l'évier.

Quelques nuits par semaine, pour les voisins d'en face, je me mettais dans son fauteuil, avec son pull, ses chaussures, de la farine dans les cheveux et je tentais de lire un beau Coran tout neuf que m'avait offert monsieur Ibrahim, parce que je l'en avais supplié.

Au lycée, je me dis que je n'avais pas une seconde à perdre : il fallait que je tombe amoureux. On n'avait pas vraiment le choix, vu que l'établissement n'était pas mixte ; on était tous amoureux de la fille du concierge,

45

Myriam, qui, malgré ses treize ans, avait très vite compris qu'elle régnait sur trois cents pubères assoiffés. Je me mis à lui faire la cour avec une ardeur de noyé.

Vlan : sourire !

Je devais me prouver qu'on pouvait m'aimer, je devais le faire savoir au monde entier avant qu'il ne découvre que même mes parents, les seules personnes obligées de me supporter, avaient préféré fuir.

Je racontais à monsieur Ibrahim ma conquête de Myriam. Il m'écoutait avec le petit sourire de celui qui sait la fin de l'histoire, mais je faisais semblant de ne pas le remarquer.

— Et comment va ton père ? Je ne le vois plus, le matin...

— Il a beaucoup de travail. Il est obligé de partir très tôt, avec son nouveau boulot...

— Ah bon ? Et il n'est pas furieux que tu lises le Coran ?

— Je me cache, de toute façon... et puis je n'y comprends pas grand-chose.

— Lorsqu'on veut apprendre quelque chose, on ne prend pas un livre. On parle avec quelqu'un. Je ne crois pas aux livres.

— Pourtant, monsieur Ibrahim, vous-même, vous me dites toujours que vous savez ce...

— Oui, que je sais ce qu'il y a dans mon Coran... Momo, j'ai envie de voir la mer. Si on allait en Normandie. Je t'emmène ?

— Oh, c'est vrai ?

— Si ton père est d'accord, naturellement.

— Il sera d'accord.

— Tu es sûr ?

— Je vous dis qu'il sera d'accord !

Lorsque nous sommes arrivés dans le hall du Grand Hôtel de Cabourg, ça a été plus fort que moi : je me suis mis à pleurer. J'ai pleuré pendant deux heures, trois heures, je n'arrivais pas à reprendre mon souffle.

Monsieur Ibrahim me regardait pleurer. Il attendait patiemment que je parle. Enfin, j'ai fini par articuler :

– C'est trop beau, ici, monsieur Ibrahim, c'est beaucoup trop beau. Ce n'est pas pour moi. Je ne mérite pas ça.

Monsieur Ibrahim a souri.

– La beauté, Momo, elle est partout. Où que tu tournes les yeux. Ça, c'est dans mon Coran.

Après, nous avons marché le long de la mer.

– Tu sais, Momo, l'homme à qui Dieu n'a pas révélé la vie directement, ce n'est pas un livre qui la lui révélera.

Moi je lui parlais de Myriam, je lui en parlais d'autant plus que je voulais éviter de parler de mon père. Après m'avoir admis dans sa cour de prétendants, Myriam commençait à me rejeter comme un candidat non valable.

– Ça ne fait rien, disait monsieur Ibrahim. Ton amour pour elle, il est à toi. Il t'appartient. Même si elle le refuse, elle ne peut rien y changer. Elle n'en profite pas, c'est tout. Ce que tu donnes, Momo, c'est à toi pour toujours ; ce que tu gardes, c'est perdu à jamais !

— Mais vous, vous avez une femme ?

— Oui.

— Et pourquoi vous n'êtes pas avec elle, ici ?

Il a montré la mer du doigt.

— C'est vraiment une mer anglaise ici, vert et gris, c'est pas des couleurs normales pour de l'eau, à croire qu'elle a pris l'accent.

— Vous ne m'avez pas répondu, monsieur Ibrahim, pour votre femme ? Pour votre femme ?

— Momo, pas de réponse, c'est une réponse.

Chaque matin, monsieur Ibrahim était le premier levé. Il s'approchait de la fenêtre, il reniflait la lumière et il faisait sa culture physique, lentement — tous les matins, toute sa vie, sa culture physique. Il était incroyablement souple et de mon oreiller, en entrouvrant les yeux, je voyais encore le jeune homme long et nonchalant qu'il avait dû être, il y a très longtemps.

Ma grande surprise fut de découvrir, un jour, dans la salle de bains, que monsieur Ibrahim était circoncis.

— Vous aussi, monsieur Ibrahim ?

— Les musulmans comme les juifs, Momo. C'est le sacrifice d'Abraham : il tend son enfant à Dieu en lui disant qu'il peut le prendre. Ce petit bout de peau qui nous manque, c'est la marque d'Abraham. Pour la circoncision, le père doit tenir son fils, le père offre sa propre douleur en souvenir du sacrifice d'Abraham.

Avec monsieur Ibrahim, je me rendais compte que les juifs, les musulmans et même les chrétiens, ils avaient eu plein de grands hommes en commun avant de se taper sur la gueule. Ça ne me regardait pas, mais ça me faisait du bien.

Après notre retour de Normandie, lorsque je suis rentré dans l'appartement noir et vide, je ne me sentais pas différent, non, je trouvais que le monde pouvait être différent. Je me disais que je pourrais ouvrir les fenêtres, que les murs pouvaient être plus clairs, je me disais que je n'étais peut-être pas obligé de garder ces meubles qui sentaient le passé, pas le beau passé, non, le vieux passé, le rance, celui qui pue comme une vieille serpillière.

Je n'avais plus d'argent. J'ai commencé à vendre les livres, par lots, aux bouquinistes des quais de Seine que monsieur Ibrahim m'avait fait découvrir lors de nos promenades. À chaque fois que je vendais un livre, je me sentais plus libre.

Cela faisait trois mois, maintenant, que mon père avait disparu. Je donnais toujours le change, je cuisinais pour deux, et, curieusement, monsieur Ibrahim me posait de moins en moins de questions sur lui. Mes relations avec Myriam capotaient de plus en plus, mais elles me donnaient un très bon sujet de conversation, la nuit, avec monsieur Ibrahim.

Certains soirs, j'avais des pincements au cœur. C'était parce que je pensais à Popol. Maintenant que mon père n'était plus là, j'aurais bien aimé le connaître, Popol. Sûr que je le supporterais mieux puisqu'on ne me l'enverrait plus à la figure comme l'antithèse de ma nullité. Je me couchais souvent en pensant qu'il y avait, quelque part dans le monde, un frère beau et parfait, qui m'était inconnu et que, peut-être, un jour je le rencontrerais.

Un matin, la police frappa à la porte. Ils criaient comme dans les films :

– Ouvrez ! Police !

Je me suis dit : Ça y est, c'est fini, j'ai trop menti, ils vont m'arrêter.

J'ai mis une robe de chambre et j'ai déverrouillé tous les verrous. Ils avaient l'air beaucoup moins méchants que je l'imaginais, ils m'ont même demandé poliment s'ils pouvaient entrer. C'est vrai que moi je préférais aussi m'habiller avant de partir en prison.

Dans le salon, l'inspecteur m'a pris par la main et m'a dit gentiment :

— Mon garçon, nous avons une mauvaise nouvelle pour vous. Votre père est mort.

Je sais pas sur le coup ce qui m'a le plus surpris, la mort de mon père ou le vouvoiement du flic. En tout cas, j'en suis tombé assis dans le fauteuil.

— Il s'est jeté sous un train près de Marseille.

Ça aussi, c'était curieux . aller faire ça à Marseille ! Des trains, il y en a partout. Il y en a autant, sinon plus, à Paris. Décidément, je ne comprendrais jamais mon père.

— Tout indique que votre père était désespéré et qu'il a mis fin volontairement à ses jours.

Un père qui se suicide, voilà qui n'allait pas m'aider à me sentir mieux. Finalement, je me demande si je ne préférais pas un père qui m'abandonne ; je pouvais au moins supposer qu'il était rongé par le regret.

Les policiers semblaient comprendre mon silence. Ils regardaient la bibliothèque vide, l'appartement sinistre autour d'eux en se disant que, ouf, dans quelques minutes, ils l'auraient quitté.

– Qui faut-il prévenir, mon garçon ?

Là, j'ai eu enfin une réaction appropriée. Je me levai et allai chercher la liste de quatre noms qu'il m'avait laissée en partant. L'inspecteur l'a mise dans sa poche.

– Nous allons confier ces démarches à l'Assistance sociale.

Puis il s'est approché de moi, avec des yeux de chien battu, et là, j'ai senti qu'il allait me faire un truc tordu.

– Maintenant, j'ai quelque chose de délicat à vous demander : il faudrait que vous reconnaissiez le corps.

Ça, ça a joué comme un signal d'alarme. Je me suis mis à hurler comme si on avait

appuyé sur le bouton. Les policiers s'agi-
taient autour de moi, ils cherchaient l'inter-
rupteur. Seulement, pas de chance, l'inter-
rupteur c'était moi et je ne pouvais plus
m'arrêter.

Monsieur Ibrahim a été parfait. Il est
monté en entendant mes cris, il a tout de
suite compris la situation, il a dit qu'il irait,
lui, à Marseille, pour reconnaître le corps. Les
policiers, au début, se méfiaient parce qu'il
avait vraiment l'air d'un Arabe, mais je me
suis remis à hurler et ils ont accepté ce que
proposait monsieur Ibrahim.

Après l'enterrement, j'ai demandé à monsieur Ibrahim :

– Depuis combien de temps aviez-vous
compris pour mon père, monsieur Ibrahim ?

– Depuis Cabourg. Mais tu sais, Momo,
tu ne dois pas en vouloir à ton père.

– Ah oui ? Et comment ? Un père qui me
pourrit la vie, qui m'abandonne et qui se
suicide, c'est un sacré capital de confiance

pour la vie. Et, en plus, il ne faut pas que je lui en veuille ?

— Ton père, il n'avait pas d'exemple devant lui. Il a perdu ses parents très jeune parce qu'ils avaient été ramassés par les nazis et qu'ils étaient morts dans les camps. Ton père ne se remettait pas d'avoir échappé à tout ça. Peut-être il se culpabilisait d'être en vie. Ce n'est pas pour rien qu'il a fini sous un train.

— Ah bon, pourquoi ?

— Ses parents, ils avaient été emportés par un train pour aller mourir. Lui, il cherchait peut-être son train depuis toujours... S'il n'avait pas la force de vivre, ce n'était pas à cause de toi, Momo, mais à cause de tout ce qui a été ou n'a pas été avant toi.

Puis monsieur Ibrahim m'a fourré des billets dans la poche.

— Tiens, va rue de Paradis. Les filles, elles se demandent où en est ton livre sur elles...

J'ai commencé à tout changer dans l'appartement de la rue Bleue. Monsieur Ibrahim me donnait des pots de peinture, des pinceaux. Il me donnait aussi des conseils pour rendre folle l'assistante sociale et gagner du temps.

Une après-midi, alors que j'avais ouvert toutes les fenêtres pour faire partir les odeurs d'acrylique, une femme entra dans l'appartement. Je ne sais pas pourquoi, mais à sa gêne, à ses hésitations, à sa façon de pas oser passer entre les escabeaux et d'éviter les taches sur le sol, j'ai tout de suite compris qui c'était.

J'ai fait celui qui était très absorbé par ses travaux.

Elle finit par se racler faiblement la gorge.

J'ai joué la surprise :

– Vous cherchez ?

– Je cherche Moïse, a dit ma mère.

C'était curieux comme elle avait du mal à prononcer ce nom, comme s'il ne passait pas dans sa gorge.

Je me paie le luxe de me foutre de sa gueule.

— Vous êtes qui ?

— Je suis sa mère.

La pauvre femme, j'ai de la peine pour elle. Elle est dans un état. Elle a dû sacrément se faire violence pour arriver jusqu'ici. Elle me regarde intensément, essayant de déchiffrer mes traits. Elle a peur, très peur.

— Et toi qui es-tu ?

— Moi ?

J'ai envie de me marrer. On n'a pas idée de se mettre dans des états pareils, surtout treize ans après.

— Moi, on m'appelle Momo.

Son visage, il se fissure.

J'ajoute en rigolant :

— C'est un diminutif pour Mohammed.

Elle devient plus pâle que ma peinture des plinthes.

— Ah bon ? Tu n'es pas Moïse ?

— Ah non, faut pas confondre, madame. Moi, c'est Mohammed.

Elle ravale sa salive. Au fond, elle n'est pas mécontente.

— Mais il n'y a pas un garçon, ici, qui s'appelle Moïse ?

J'ai envie de répondre : Je ne sais pas, c'est vous qui êtes sa mère, vous devriez savoir. Mais au dernier moment, je me retiens, parce que la pauvre femme n'a pas l'air de bien tenir sur ses jambes. À la place, je lui fais un joli petit mensonge plus confortable.

— Moïse, il est parti, madame. Il en avait marre d'être ici. Il n'a pas de bons souvenirs.

— Ah bon ?

Tiens, je me demande si elle me croit. Elle ne semble pas convaincue. Elle n'est peut-être pas si conne, finalement.

— Et quand reviendra-t-il ?

— Je ne sais pas. Lorsqu'il est parti, il a dit qu'il voulait retrouver son frère.

— Son frère ?

— Oui, il a un frère, Moïse.

— Ah bon ?

Elle a l'air complètement déconcertée
– Oui, son frère Popol.
– Popol ?
– Oui, madame, Popol, son frère aîné [1]
Je me demande si elle n'est pas en train de me prendre pour un demeuré. Ou alors elle croit vraiment que je suis Mohammed ?
– Mais je n'ai jamais eu d'enfant avant Moïse. Je n'ai jamais eu de Popol, moi.
Là, c'est moi qui commence à me sentir mal.
Elle le remarque, elle vacille tellement qu'elle va se mettre à l'abri sur un fauteuil et moi je fais pareil de mon côté.
Nous nous regardons en silence, le nez étouffé par l'odeur acide de l'acrylique. Elle m'étudie, il n'y a pas un battement de mes cils qui lui échappe.
– Dis-moi, Momo...
– Mohammed.
– Dis-moi, Mohammed, tu vas le revoir, Moïse ?

– Ça se peut.

J'ai dit ça sur un ton détaché, j'en reviens pas moi-même d'avoir un ton si détaché. Elle me scrute le fond des yeux. Elle peut m'éplucher tant qu'elle veut, elle ne m'arrachera rien, je suis sûr de moi.

– Si un jour tu revois Moïse, dis-lui que j'étais très jeune lorsque j'ai épousé son père, que je ne l'ai épousé que pour partir de chez moi. Je n'ai jamais aimé le père de Moïse. Mais j'étais prête à aimer Moïse. Seulement j'ai connu un autre homme. Ton père...

– Pardon ?

– Je veux dire son père, à Moïse, il m'a dit : Pars et laisse-moi Moïse, sinon... Je suis partie. J'ai préféré refaire ma vie, une vie où il y a du bonheur.

– C'est sûr que c'est mieux.

Elle baisse les yeux.

Elle s'approche de moi. Je sens qu'elle voudrait m'embrasser. Je fais celui qui ne comprend pas.

Elle me demande, d'une voix suppliante :

— Tu lui diras, à Moïse ?

— Ça se peut.

Le soir même, je suis allé retrouver monsieur Ibrahim et je lui ai dit en rigolant :

— Alors, c'est quand que vous m'adoptez, monsieur Ibrahim ?

Et il a répondu, aussi en rigolant :

— Mais dès demain si tu veux, mon petit Momo !

Il a fallu se battre. Le monde officiel, celui des tampons, des autorisations, des fonctionnaires agressifs lorsqu'on les réveille, personne ne voulait de nous. Mais rien ne décourageait monsieur Ibrahim.

— Le non, on l'a déjà dans notre poche, Momo. Le oui, il nous reste à l'obtenir.

Ma mère, avec l'aide de l'assistante sociale, avait fini par accepter la démarche de monsieur Ibrahim.

— Et votre femme à vous, monsieur Ibrahim, elle veut bien ?

— Ma femme, elle est retournée au pays il y a bien longtemps. Je fais ce que je veux. Mais si tu as envie, nous irons la voir, cet été.

Le jour où on l'a eu, le papier, le fameux papier qui déclarait que j'étais désormais le fils de celui que j'avais choisi, monsieur Ibrahim décida que nous devions acheter une voiture pour fêter ça.

— On fera des voyages, Momo. Et cet été, on ira ensemble dans le Croissant d'Or, je te montrerai la mer, la mer unique, la mer d'où je viens.

— On pourrait pas y aller en tapis volant, plutôt ?

— Prends un catalogue et choisis une voiture.

— Bien, papa.

C'est dingue comme, avec les mêmes mots, on peut avoir des sentiments différents. Quand je disais « papa » à monsieur Ibrahim, j'avais le cœur qui riait, je me regonflais, l'avenir scintillait.

Nous sommes allés chez le garagiste.

– Je veux acheter ce modèle. C'est mon fils qui l'a choisi.

Quant à monsieur Ibrahim, il était pire que moi, question vocabulaire. Il mettait « mon fils » dans toutes les phrases, comme s'il venait d'inventer la paternité.

Le vendeur commença à nous vanter les caractéristiques de l'engin.

– Pas la peine de me faire l'article, je vous dis que je veux l'acheter.

– Avez-vous le permis, monsieur ?

– Bien sûr.

Et là monsieur Ibrahim sortit de son portefeuille en maroquin un document qui devait dater, au minimum, de l'époque égyptienne. Le vendeur examina le papyrus avec effroi, d'abord parce que la plupart des lettres étaient effacées, ensuite parce qu'il était dans une langue qu'il ne connaissait pas.

— C'est un permis de conduire, ça ?

— Ça se voit, non ?

— Bien. Alors nous vous proposons de payer en plusieurs mensualités. Par exemple, sur une durée de trois ans, vous devriez...

— Quand je vous dis que je veux acheter une voiture, c'est que je peux. Je paie comptant.

Il était très vexé, monsieur Ibrahim. Décidément, ce vendeur commettait gaffe sur gaffe.

— Alors faites-nous un chèque de...

— Ah mais ça suffit ! Je vous dis que je paie comptant. Avec de l'argent. Du vrai argent.

Et il posa des liasses de billets sur la table, de belles liasses de vieux billets rangées dans des sacs plastique.

Le vendeur, il suffoquait.

— Mais... mais... personne ne paie en liquide... ce... ce n'est pas possible...

— Eh bien quoi, ce n'est pas de l'argent, ça ? Moi je les ai bien acceptés dans ma caisse, alors pourquoi pas vous ? Momo, est-ce que nous sommes entrés dans une maison sérieuse ?

— Bien. Faisons comme cela. Nous vous la mettrons à disposition dans quinze jours.

— Quinze jours ? Mais ce n'est pas possible : je serai mort dans quinze jours !

Deux jours après, on nous livrait la voiture, devant l'épicerie... il était fort monsieur Ibrahim.

Lorsqu'il monta dedans, monsieur Ibrahim se mit à toucher délicatement toutes les commandes avec ses longs doigts fins ; puis il s'essuya le front, il était verdâtre.

— Je ne sais plus, Momo.

— Mais vous avez appris ?

— Oui, il y a longtemps, avec mon ami Abdullah. Mais...

— Mais ?

— Mais les voitures n'étaient pas comme ça.

Il avait vraiment du mal à trouver son air, monsieur Ibrahim.

— Dites, monsieur Ibrahim, les voitures dans lesquelles vous avez appris, elles étaient pas tirées par des chevaux ?

— Non, mon petit Momo, par des ânes. Des ânes.

— Et votre permis de conduire, l'autre jour, qu'est-ce que c'était ?

— Mm... une vieille lettre de mon ami Abdullah qui me racontait comment s'était passée la récolte.

— Ben, on n'est pas dans la merde !

— Tu l'as dit, Momo.

— Et y a pas un truc, dans votre Coran, comme d'habitude, pour nous donner une solution ?

— Penses-tu, Momo, le Coran, ce n'est pas un manuel de mécanique ! C'est utile pour les choses de l'esprit, pas pour la ferraille. Et puis dans le Coran, ils voyagent en chameau !

– Vous énervez pas, monsieur Ibrahim.

Finalement, monsieur Ibrahim décida que nous prendrions des leçons de conduite ensemble. Comme je n'avais pas l'âge, c'est lui, officiellement, qui apprenait, tandis que moi, je me tenais sur la banquette arrière sans perdre une miette des instructions du moniteur. Sitôt le cours fini, nous sortions notre voiture et je m'installais au volant. Nous roulions dans le Paris nocturne, pour éviter la circulation.

Je me débrouillais de mieux en mieux.

Enfin l'été est arrivé et nous avons pris la route.

Des milliers de kilomètres. Nous traversions toute l'Europe par le sud. Fenêtres ouvertes. Nous allions au Moyen-Orient. C'était incroyable de découvrir comme l'univers devenait intéressant sitôt qu'on voyageait avec monsieur Ibrahim. Comme j'étais crispé sur mon volant et que je me concentrais sur la route, il me décrivait les paysages, le ciel, les nuages, les villages, les habitants. Le babil de monsieur Ibrahim, cette voix fragile comme du papier à cigarettes, ce piment d'accent, ces images, ces exclamations, ces étonnements auxquels succédaient les plus diaboliques roublardises, c'est cela, pour moi, le chemin qui mène de Paris à Istanbul. L'Europe, je ne l'ai pas vue, je l'ai entendue.

— Ouh, là, Momo, on est chez les riches : regarde, il y a des poubelles.

— Eh bien quoi, les poubelles ?

— Lorsque tu veux savoir si tu es dans un endroit riche ou pauvre, tu regardes les poubelles. Si tu vois ni ordures ni poubelles, c'est très riche. Si tu vois des poubelles et pas d'ordures, c'est riche. Si tu vois des ordures à côté des poubelles, c'est ni riche ni pauvre : c'est touristique. Si tu vois les ordures sans les poubelles, c'est pauvre. Et si les gens habi-

tent dans les ordures, c'est très très pauvre.
Ici c'est riche.

— Ben oui, c'est la Suisse !

— Ah non, pas l'autoroute, Momo, pas
l'autoroute. Les autoroutes, ça dit : passez, y
a rien à voir. C'est pour les imbéciles qui
veulent aller le plus vite d'un point à un
autre. Nous, on fait pas de la géométrie, on
voyage. Trouve-moi de jolis petits chemins
qui montrent bien tout ce qu'il y a à voir.

— On voit que c'est pas vous qui conduisez,
m'sieur Ibrahim.

— Écoute, Momo, si tu ne veux rien voir,
tu prends l'avion, comme tout le monde.

— C'est pauvre, ici, m'sieur Ibrahim ?

— Oui, c'est l'Albanie.

— Et là ?

— Arrête l'auto. Tu sens ? Ça sent le bonheur,
c'est la Grece Les gens sont immobiles, ils
prennent le temps de nous regarder passer, ils
respirent. Tu vois, Momo, moi, toute ma vie,
j'aurai beaucoup travaillé, mais j'aurai travaillé

lentement, en prenant bien mon temps, je ne voulais pas faire du chiffre, ou voir défiler les clients, non. La lenteur, c'est ça, le secret du bonheur. Qu'est-ce que tu veux faire plus tard ?

— Je sais pas, monsieur Ibrahim. Si, je ferai de l'import-export.

— De l'import-export ?

Là, j'avais marqué un point, j'avais trouvé le mot magique. « Import-export », monsieur Ibrahim en avait plein la bouche, c'était un mot sérieux et en même temps aventurier, un mot qui renvoyait aux voyages, aux bateaux, aux colis, à de gros chiffres d'affaires, un mot aussi lourd que les syllabes qu'il faisait rouler, « import-export » !

— Je vous présente mon fils, Momo, qui un jour fera de l'import-export.

Nous avions plein de jeux. Il me faisait entrer dans les monuments religieux avec un bandeau sur les yeux pour que je devine la religion à l'odeur.

— Ici ça sent le cierge, c'est catholique.

— Oui, c'est Saint-Antoine.

— Là, ça sent l'encens, c'est orthodoxe.

— C'est vrai, c'est Sainte-Sophie.

— Et là ça sent les pieds, c'est musulman. Non, vraiment là, ça pue trop fort...

— Quoi ! Mais c'est la mosquée Bleue ! Un endroit qui sent le corps ce n'est pas assez bien pour toi ? Parce que toi, tes pieds, ils ne sentent jamais ? Un lieu de prière qui sent l'homme, qui est fait pour les hommes, avec des hommes dedans, ça te dégoûte ? Tu as bien des idées de Paris, toi ! Moi, ce parfum de chaussettes, ça me rassure. Je me dis que je ne vaux pas mieux que mon voisin. Je me sens, je nous sens, donc je me sens déjà mieux !

À partir d'Istanbul, monsieur Ibrahim a moins parlé. Il était ému.

— Bientôt, nous rejoindrons la mer d'où je viens.

Chaque jour il voulait que nous roulions encore plus lentement. Il voulait savourer. Il avait peur, aussi.

– Où elle est, cette mer dont vous venez, monsieur Ibrahim ? Montrez-moi sur la carte.

– Ah, ne m'embête pas avec tes cartes, Momo, on n'est pas au lycée, ici !

On s'est arrêtés dans un village de montagne.

– Je suis heureux, Momo. Tu es là et je sais ce qu'il y a dans mon Coran. Maintenant, je veux t'emmener danser.

– Danser, monsieur Ibrahim ?

– Il faut. Absolument. « Le cœur de l'homme est comme un oiseau enfermé dans la cage du corps. » Quand tu danses, le cœur, il chante comme un oiseau qui aspire à se fondre en Dieu. Viens, allons au tekké.

– Au quoi ?

– Drôle de dancing ! j'ai dit en passant le seuil.

– Un tekké c'est pas un dancing, c'est un monastère. Momo, pose tes chaussures.

Et c'est là que, pour la première fois, j'ai vu des hommes tourner. Les derviches portaient de grandes robes pâles, lourdes, souples. Un tambour retentissait. Et les moines se transformaient alors en toupies.

– Tu vois, Momo ! Ils tournent sur eux-mêmes, ils tournent autour de leur cœur qui est le lieu de la présence de Dieu. C'est comme une prière.

– Vous appelez ça une prière, vous ?

– Mais oui, Momo. Ils perdent tous les repères terrestres, cette pesanteur qu'on appelle l'équilibre, ils deviennent des torches qui se consument dans un grand feu. Essaie, Momo, essaie. Suis-moi.

Et monsieur Ibrahim et moi, on s'est mis à tourner.

Pendant les premiers tours, je me disais : *Je suis heureux avec monsieur Ibrahim.* Ensuite, je me disais : *Je n'en veux plus à mon*

père d'être parti. À la fin, je pensais même :
*Après tout, ma mère n'avait pas vraiment le
choix lorsqu'elle...*

— Alors, Momo, tu as senti de belles choses ?

— Ouais, c'était incroyable. J'avais la haine
qui se vidangeait. Si les tambours ne s'étaient
pas arrêtés, j'aurais peut-être traité le cas de
ma mère. C'était vachement agréable de prier,
m'sieur Ibrahim, même si j'aurais préféré
prier en gardant mes baskets. Plus le corps
devient lourd, plus l'esprit devient léger.

À partir de ce jour-là on s'arrêtait souvent
pour danser dans des tekkés que connaissait
monsieur Ibrahim. Lui parfois il ne tournait
pas, il se contentait de prendre un thé en
plissant les yeux mais, moi, je tournais
comme un enragé. Non, en fait, je tournais
pour devenir un peu moins enragé.

Le soir, sur les places des villages, j'essayais
de parler un peu avec les filles. Je faisais un
maximum d'efforts mais ça ne marchait pas
très fort, alors que monsieur Ibrahim, lui qui

ne faisait rien d'autre que boire sa Suze anis en souriant, avec son air doux et calme, eh bien, au bout d'une heure, il avait toujours plein de monde autour de lui.

— Tu bouges trop, Momo. Si tu veux avoir des amis, faut pas bouger.

— Monsieur Ibrahim, est-ce que vous trouvez que je suis beau ?

— Tu es très beau, Momo.

— Non, c'est pas ce que je veux dire. Est-ce que vous croyez que je serai assez beau pour plaire aux filles... sans payer ?

— Dans quelques années, ce seront elles qui paieront pour toi !

— Pourtant... pour le moment... le marché est calme...

— Évidemment, Momo, tu as vu comme tu t'y prends ? Tu les fixes en ayant l'air de dire : « Vous avez vu comme je suis beau. » Alors, forcément, elles rigolent. Il faut que tu les regardes en ayant l'air de dire : « Je n'ai jamais vu plus belle que vous. » Pour un homme normal, je veux dire un homme comme toi et moi – pas Alain Delon ou Marlon Brando, non –, ta beauté, c'est celle que tu trouves à la femme.

Nous regardions le soleil se faufiler entre les montagnes et le ciel qui devenait violet. Papa fixait l'étoile du soir.

– Une échelle a été mise devant nous pour nous évader, Momo. L'homme a d'abord été minéral, puis végétal, puis animal – ça, animal, il ne peut pas l'oublier, il a souvent tendance à le redevenir –, puis il est devenu homme doué de connaissance, de raison, de foi. Tu imagines le chemin que tu as parcouru de la poussière jusqu'à aujourd'hui ? Et plus tard, lorsque tu auras dépassé ta condition d'homme, tu deviendras un ange. Tu en auras fini avec la terre. Quand tu danses, tu en as le pressentiment.

– Mouais. Moi, en tout cas, je ne me souviens de rien. Vous vous rappelez, vous, monsieur Ibrahim, avoir été une plante ?

— Tiens, qu'est-ce que tu crois que je fais lorsque je reste des heures sans bouger sur mon tabouret, dans l'épicerie ?

Puis arriva le fameux jour où monsieur Ibrahim m'a annoncé qu'on allait arriver à sa mer de naissance et rencontrer son ami Abdullah. Il était tout bouleversé, comme un jeune homme, il voulait d'abord y aller seul, en repérage, il me demanda de l'attendre sous un olivier.

C'était l'heure de la sieste. Je me suis endormi contre l'arbre.

Lorsque je me suis réveillé, le jour s'était déjà enfui. J'ai attendu monsieur Ibrahim jusqu'à minuit.

J'ai marché jusqu'au village suivant. Quand je suis arrivé sur la place, les gens se sont précipités sur moi. Je ne comprenais pas leur langue, mais eux me parlaient avec animation, et ils semblaient très bien me connaître. Ils m'emmenèrent dans une grande maison. J'ai d'abord traversé une longue salle où plusieurs femmes, accroupies, gémissaient. Puis on m'amena devant monsieur Ibrahim.

Il était étendu, couvert de plaies, de bleus, de sang. La voiture s'était plantée contre un mur.

Il avait l'air tout faible.

Je me suis jeté sur lui. Il a rouvert les yeux et souri.

— Momo, le voyage s'arrête là.

— Mais non, on n'y est pas arrivés, à votre mer de naissance.

— Si, moi j'y arrive. Toutes les branches du fleuve se jettent dans la même mer. La mer unique.

Là, ça s'est fait malgré moi, je me suis mis à pleurer.

— Momo, je ne suis pas content.

— J'ai peur pour vous, monsieur Ibrahim.

— Moi, je n'ai pas peur, Momo. Je sais ce qu'il y a dans mon Coran.

Ça, c'est une phrase qu'il aurait pas dû dire, ça m'a rappelé trop de bons souvenirs, et je me suis mis à sangloter encore plus.

– Momo, tu pleures sur toi-même, pas sur moi. Moi, j'ai bien vécu. J'ai vécu vieux. J'ai eu une femme, qui est morte il y a bien longtemps, mais que j'aime toujours autant. J'ai eu mon ami Abdullah, que tu salueras pour moi. Ma petite épicerie marchait bien. La rue Bleue, c'est une jolie rue, même si elle n'est pas bleue. Et puis il y a eu toi.

Pour lui faire plaisir, j'ai avalé toutes mes larmes, j'ai fait un effort et vlan : sourire !

Il était content. C'est comme s'il avait eu moins mal.

Vlan : sourire !

Il ferma doucement les yeux.

– Monsieur Ibrahim !

– Chut... ne t'inquiète pas. Je ne meurs pas, Momo, je vais rejoindre l'immense.

Voilà.

Je suis resté un peu. Avec son ami Abdullah, on a beaucoup parlé de papa. On a beaucoup tourné aussi.

Monsieur Abdullah, c'était comme un monsieur Ibrahim, mais un monsieur Ibrahim parcheminé, plein de mots rares, de poèmes sus par cœur, un monsieur Ibrahim qui aurait passé plus de temps à lire qu'à faire sonner sa caisse. Les heures où nous tournions au tekké, il appelait ça la danse de l'alchimie, la danse qui transforme le cuivre en or. Il citait souvent Rumi.

Il disait :

L'or n'a pas besoin de pierre philosophale, mais le cuivre oui.

Améliore-toi.

Ce qui est vivant, fais-le mourir : c'est ton corps.

Ce qui est mort, vivifie-le : c'est ton cœur.

Ce qui est présent, cache-le : c'est le monde d'ici-bas.

Ce qui est absent, fais-le venir : c'est le monde de la vie future.

Ce qui existe, anéantis-le : c'est la passion.

Ce qui n'existe pas, produis-le : c'est l'intention.

Alors, aujourd'hui encore, quand ça ne va pas : je tourne.

Je tourne une main vers le ciel, et je tourne. Je tourne une main vers le sol, et je tourne. Le ciel tourne au-dessus de moi. La terre tourne au-dessous de moi. Je ne suis plus moi mais un de ces atomes qui tournent autour du vide qui est tout.

Comme disait monsieur Ibrahim :

— Ton intelligence est dans ta cheville et ta cheville a une façon de penser très profonde.

Je suis revenu en stop. Je m'en suis « remis à Dieu », comme disait monsieur Ibrahim lorsqu'il parlait des clochards : j'ai mendié et j'ai couché dehors et ça aussi c'était un beau cadeau. Je ne voulais pas dépenser les billets que m'avait glissés monsieur Abdullah dans ma poche, en m'embrassant, juste avant que je le quitte.

Rentré à Paris, j'ai découvert que monsieur Ibrahim avait tout prévu. Il m'avait émancipé : j'étais donc libre. Et j'héritais de son argent, de son épicerie, et de son Coran.

Le notaire m'a tendu l'enveloppe grise et j'ai sorti délicatement le vieux livre. J'allais enfin savoir ce qu'il y avait dans son Coran.

Dans son Coran, il y avait deux fleurs séchées et une lettre de son ami Abdullah.

Maintenant, je suis Momo, tout le monde me connaît dans la rue. Finalement, je n'ai pas fait l'import-export, j'avais juste dit ça à monsieur Ibrahim pour l'impressionner un peu.

Ma mère, de temps en temps, elle vient me voir. Elle m'appelle Mohammed, pour pas que je me fâche, et elle me demande des nouvelles de Moïse. Je lui en donne.

Dernièrement, je lui ai annoncé que Moïse avait retrouvé son frère Popol, et qu'ils étaient partis en voyage tous les deux, et que, à mon avis, on les reverrait pas de sitôt. Peut-être c'était même plus la peine d'en parler. Elle a bien réfléchi – elle est toujours sur ses gardes avec moi – puis elle a murmuré gentiment :

– Après tout, ce n'est peut-être pas plus mal. Il y a des enfances qu'il faut quitter, des enfances dont il faut guérir.

Je lui ai dit que la psychologie, ce n'était pas mon rayon : moi, c'était l'épicerie.

– J'aimerais bien t'inviter un soir à dîner, Mohammed. Mon mari aussi aimerait te connaître.

– Qu'est-ce qu'il fait ?

– Professeur d'anglais.

– Et vous ?

– Professeur d'espagnol.

– Et on parlera quelle langue pendant le repas ? Non, je plaisantais, je suis d'accord.

Elle était toute rose de contentement que j'accepte, non, c'est vrai, ça faisait plaisir à voir : on aurait dit que je venais de lui installer l'eau courante.

– Alors, c'est vrai ? Tu viendras ?

– Ouais, ouais.

C'est sûr que ça fait un peu bizarre de voir deux professeurs de l'Éducation nationale recevoir Mohammed l'épicier, mais enfin, pourquoi pas ? Je suis pas raciste.

Voilà, maintenant... le pli est pris. Tous les lundis, je vais chez eux, avec ma femme et mes enfants. Comme ils sont affectueux, mes gamins, ils l'appellent grand-maman, la prof d'espagnol, ça la fait bicher, faut voir ça ! Parfois, elle est tellement contente qu'elle me demande discrètement si ça ne me gêne pas. Je lui réponds que non, que j'ai le sens de l'humour.

Voilà, maintenant je suis Momo, celui qui tient l'épicerie de la rue Bleue, la rue Bleue qui n'est pas bleue.

Pour tout le monde, je suis l'Arabe du coin.

Arabe, ça veut dire ouvert la nuit et le dimanche, dans l'épicerie.

DU MÊME AUTEUR

Aux Éditions Albin Michel

Romans

LA SECTE DES ÉGOÏSTES, 1994.
L'ÉVANGILE SELON PILATE, 2000, 2005.
LA PART DE L'AUTRE, 2001.
LORSQUE J'ÉTAIS UNE ŒUVRE D'ART, 2002.
ULYSSE FROM BAGDAD, 2008.
LA FEMME AU MIROIR, 2011.
LES PERROQUETS DE LA PLACE D'AREZZO, 2013.
L'ÉLIXIR D'AMOUR, 2014.
LE POISON D'AMOUR, 2014.

Nouvelles

ODETTE TOULEMONDE ET AUTRES HISTOIRES, 2006.
LA RÊVEUSE D'OSTENDE, 2007.
CONCERTO À LA MÉMOIRE D'UN ANGE, Goncourt de
    la nouvelle, 2010.
LES DEUX MESSIEURS DE BRUXELLES, 2012.

Le Cycle de l'invisible

MILAREPA, 1997.
MONSIEUR IBRAHIM ET LES FLEURS DU CORAN, 2001.
OSCAR ET LA DAME ROSE, 2002.
L'ENFANT DE NOÉ, 2004.
LE SUMO QUI NE POUVAIT PAS GROSSIR, 2009.
LES DIX ENFANTS QUE MADAME MING N'A JAMAIS
    EUS, 2012.

Essais

DIDEROT, OU LA PHILOSOPHIE DE LA SÉDUCTION,
    1997.
MA VIE AVEC MOZART, 2005.
QUAND JE PENSE QUE BEETHOVEN EST MORT ALORS
    QUE TANT DE CRÉTINS VIVENT, 2010.

Beau-livre

LE CARNAVAL DES ANIMAUX, musique de Camille Saint-
    Saëns, illustrations de Pascale Bordet, 2014.

Site Internet : eric-emmanuel-schmitt.com

Composition IGS
Impression CPI Bussière en mars 2015
à Saint-Amand-Montrond (Cher)
Éditions Albin Michel
22, rue Huyghens, 75014 Paris
www.albin-michel.fr

ISBN 978-2-226-12626-9
N° d'édition : 14141/43. – N° d'impression : 2015239
Dépôt légal : juin 2001.
Imprimé en France.